مجموعة قصصية

قصص الرعب

د. جُمان الريحاني

إهداء..

إهداء إلى عشاق عالم الخيال والرعب والمغامرة

إهداء إلى من يحب عنصر التشويق

إهداء إلى من لديه القدرة على إطلاق العنان لخياله لكي يصل إلى عوالم

مختلفة رغم أنها قد تكون مخيفة في بعض الأحيان

جمان الريحاني

الفاتنة القاتلة

الفاتنة الغريبة

الفاتنة القاتلة هي فتاة في أواخر العشرينات أو بداية الثلاثينات، كانت ألكسي ذات الجسم الرشيق الممتلئ حيث يحبّذ الامتلاء فتاة جميلة وتلقب بالفاتنة القاتلة.

لم يكن من يراها يعرف من هي ولا من أين هي؟ ولا أين تعيش؟

فقد كانت غريبة، كانت فتاة غريبة عن المدينة، إنها فتاة فاتنة، وتمتلك جسدا أبيض البشرة، ولها شعر أسود

طويل يصل حتى إلى ركبتيها ولها عيون سوداء واسعة.

وشفاها برتقالية في شكلها هو أنها لا ترتدي أي ملابس، بل كانت شبه عارية

أجل شبه عارية لأنها لم يكن يظهر كل جسدها العاري.

لقد كانت تتجول دائما بدون ثياب، بل تطلق سراح شعرها وتلف بعض الشعر على وسطها، وكأنها ولكن من شعرها فقط، ولكنها كانت جذابة بهذا الشكل، وفاتنة جدا لما يضفيه عليها هذا الشكل من جاذبية.

كانت وكأنها تلبس فستان من شعرها الذي قررت أن يكون هو لباسها دون استعمال أي شيء آخر تستر به جسدها.

كانت أليكسي تعيش في غابة قرب المدينة، ولا أحد يعلم أين تعيش بالضبط إنه هناك داخل الغابة، ولكن غير معروف المكان الذي تعيش فيه بالذات.

ولكنها كانت تتردد على المدينة، وهي كلها ثقة بجمالها، وشكلها الجذّاب فكان الجميع يحدقون بها إعجابا، وأحيانا استغرابا.

لم تكن للفتاه أليكسي عائلة ولا أصدقاء ولا عمل ولا علاقات بل كانت هي بين الحين والآخر، تأتي إلى

المدينة فيراها سكان تلك المدينة تتجول في شوارعها وكانت تبدو وكأنها غير مؤذية.

أليكسي الفاتنة

لقد أشيع بين الناس أن اسم تلك الفتاة هو أليكسي، ولكن في الحقيقة، لم يكن أحد يعلم ما إذا كانت هذه حقيقة فيما يخص تلك الفتاة أم مجرد حكاية اخترعها أحدهم في البداية.

بداية مناداتها بهذا الاسم هو أنهم ذات يوم أو ذات صباح وجدوا على أحد جدران المدينة رسما لهذه الفتاة الفاتنة، ومكتوب بجانب الرسم اسم، يبدو أن أحدا قد وقع بذلك الاسم أو ربما هي التي رسمت نفسها ثم وقعت باسمها تحت الرسم، وهكذا أصبح حتى تتم

مناداتها هي بالاسم فربما الفتاه المرسومة هي التي اسمها أليكسي

والباقي دائما مجهول، حتى أنهم أحيانا يقولون هي من رسمت نفسها على الجدار.

كان الرسم لها يقارب حجمها الحقيقي وهي واقفة بكامل جمالها وفتنتها، وكأنها تمشي باتجاه من يقابل الجدار وينظر إليه، وكأنها ستخرج من الجدار باتجاه من ينظر إليها.

لقد كانت فاتنة في الواقع، وفي اللوحة الجدارية أيضا، ولكنها مريبة أيضا ومخيفة، حتى أن الأطفال يخافونها، وأحيانا يختلقون عنها قصصا مخيفة ومرعبة،لكي يبثوا الرعب بينهم فكانوا يعتقدون بأنها تخطف الأطفال مثلا، وتقتلهم في الغابة ولكن الأمر لم يكن صحيحا، بل كان فقط لإخافة الأطفال.

كانت أليكسي لا تتكلم ولم يسمع لها صوت أبدا حتى أنهم اعتقدوا بأنها ربما تكون خرساء، أو أنها مقطوعة اللسان.

لم تتدخل السلطات أبدا لمعرفة حقيقة هذه الفتاة لأنها كانت تظهر فجأة، وتختفي فجأة، ولم يشهد لها عن تخريب أو إلحاق الأذى بأحد ما على الإطلاق.

وفي يوم من الأيام ظهرت بقعة الحمراء على الجدار بقرب رسمها ولم يتم التعرف على حقيقة تلك البقعة، وعند مرور عدة أشهر تحولت تلك البقعة التي بدأت صغيرة، وكل يوم كانت تزيد حجما إلى رسم آخر.

وفجأة ذات صباح أصبحت رسما للفتاة الفاتنة ذاتها، ولكن رسمها هذه المرة كان لها من الخلف فأصبح الرسمان لها، رسم وهي قادمة وبجانبه رسم لها وهي ذاهبة.

كان الرسم جميلا ولم يحمل توقيعا هذه المرة،
ولكن أهل المدينة قد أعجبوا به في تلك الفترة التي
كانت بين ظهور أول بقعة حمراء غريبة على الحائط
حتى ظهور الرسم بالكامل كانت حوالي ثلاثة أشهر.

وفي تلك الفترة أصبحت تتناقل بعض الأخبار عن
جرائم قتل في القرى والمدن المجاورة، والتي كان
بينها رابط مشترك وهو إيجاد أو أنه قد تم العثور على
شعرة من شعر امرأة، أسود وطويل.

أي أنها هي، هي الفاتنة نفسها، أي أن هذه
الشخصية ربما هي القاتلة في كل تلك الجرائم التي
حدثت في المدن المجاورة.

لقد تمّ توجيه أصابع الاتهام إلى تلك الفاتنة وتمّ
اعتبارها القاتل والمتهم الوحيد في كل الجرائم رغم أن
الأمر لم يكن يبدو منطقيا، ولكن رغم ذلك لقد تم
اتهامها أو ربما تم إلصاق التهم بها.

ربما كان الأمر غامضا أو ربما كان مريحا لأنه عندما يتم العثور على القاتل تصبح الرؤية واضحة ولا يستمر التوتر الذي يصيب الناس في حالة الجرائم بقاتل مجهول.

وهذا ما جعل الشرطة تطلق اسم القاتل المتسلسل على مرتكب كل تلك الجرائم لأن كل الحالات متشابهة.

والشك في إن المجرم امرأة، وبما أنه قد تم العثور على شعرة في مسرح الجرائم كلها، أو أنه رجل بشعر طويل وأسود، ولكن لقد كان أغلب الشكّ أنها فعلا امرأة.

فكل الضحايا كانوا رجالا شبابا بين العقد الثاني والثالث من العمر، كلهم شباب عزاب مع اختلاف حالاتهم المادية.

عندما وصل الخبر إلى المدينة، إلى مدينة أليكسي،
تناقل الناس الأخبار، وأصبحت الشكوك في أن القاتلة
تعيش معهم وأنها هي أليكسي، هي المجرمة، فهي
الوحيدة التي تمتلك شعرا طويلا أسود اللون، وهي
الوحيدة غريبة الأطوار، والتي لا يعرفون عنها شيئا.

لكن في الحقيقة لقد تم اتهامها فقط لأنها تمتلك شعرا
أسود طويل.

بينما شكك البعض في الموضوع فكانوا يشككون في
الأمر، وقالوا لو كانت هي، فكيف تنقلت إلى كل تلك
الأماكن، إلا إذا كان لديها شريك، وهو الذي يأخذها
من مدينة إلى أخرى

ولكن لم يستطع أحد أن يصل إلى الحقيقة.

وعندما أصبح الأمر واقعا، حاولت الشرطة البحث عن
الفاتنة من أجل استجوابها ولكنهم لم يكونوا يعرفون لها

عنوانا وأيضا من أجل مقارنه الشعر الموجود في كل الجرائم مع شعرها، وقد تمّ إثبات أن كل الجرائم هي مشتركة في الشعرة الطويلة السوداء رغم بعد المسافة بين المدن، ولكن كل الشعر كان لشخص واحد.

لم يتم العثور على شاهد واحد على كل تلك الجرائم وكأنها جرائم سريّة أو حدثت خلال لقاءات سريّة.

لم يكن لكل شباب صديقة حميمة أو خطيبة إلا آخر ضحية كان قد انفصل عن صديقته قبل يومين من مقتله.

وجدت جثة الشاب الأول في شقته مخنوقا بشعرة واحدة

والثاني في الغابة خنق بشعرة واحدة

والثالث على الشاطئ

والرابع في سيارته

والخامس في قارب في بحيرة

لم يتم العثور على أثر إلا الشعر، لا بصمات، ولا أثر للعراك أو الدخول عنوة للأماكن المغلقة في مسارح الجرائم.

وبعد كثير من التحقيقات وصل الأمر إلى الشرطة بأن في هذه المدينة المدينة فتاة غريبة الأطوار تتطابق مواصفاتها مع مواصفات القاتلة ذات الشعر الأسود الطويل

ولكن الشرطة لم تكن تعلم أي عنوان لها رغم أنها دخلت في قائمه المشتبه بهم.

عندما أذيع الخبر بأن الشرطة يبحثون عن الفتاة في المدينة والغابة لم تعد تظهر تلك الفتاه ولم يتم العثور عليها في أي مكان وكأنها مجرد حكاية أو خرافة وكأنها حكاية كاذبة، هي كذلك لكل من قالها أو أخبر

عنها رغم أن كل أهل المدينة يعرفونها وهي نفسها

الفتاه المرسومة على الجدار

لم يبقى من الفاتنة أليكسي التي لقبت بالفاتنة القاتلة إلى ذلك الرسم على الجدار، والذي كانوا يقولون بأنهم أحيانا يشعرون بأنها تسكن في ذلك الرسم، حيث يكاد يقسم كل من يراها أو كل من ترى عيونه أنها تتحرك وأيضا بعد القصص التي أصبحت الأساطير التي ربما كانت من مزيج الخيال.

يقولون بأن الفاتنة القاتلة كانت تتنقل بين المدن من خلال الرسم، فهناك من قال بأنها رآها تدخل في الجدار في صورتها التي تظهر التي تظهرها من

الخلف، وهناك من قال بأنه رآها تخرج من الرسم أيضا على الجدار أي أنه كان جالسا مقابلا للجدار والرسم فرآها تخرج من الجدار وتمشي باتجاهه، حيث فرّ هاربا إذا قالوا بأنها كانت تدخل في الجدار وتخرج من مدينه إلى أخرى هي تختارها وتجد ضحية وتقتله ومن المؤكد أنها كانت تغريه بجمالها الفاتن وتفتنه وتحاول معه حتى يقع في شباكها ثم تقتله.

ولكي لا يفضح أمرها اختارت مدنا أخرى غير مدينتها ليكون منها ضحاياها لكي لا يتم التعرف عليها، ولا يعرفها الناس فلا يبلغون عنها بشكل مباشر، وهناك من قال أنها لم تكن بشرا بل فضائية وقد عادت إلى كوكبها.

وهناك من قال بأنها رسمت ثم قتلت، لأنها ربما قتلت أحدهم، وهو في الحقيقة من قتلها ودفنها في الغابة ثم أخرج جثتها من الغابة وهو ارتكب الجرائم كلها.

لم يتم ارتكاب الجرائم بنفس الطريقة للقاتل المتسلسل الذي كان يترك شعرة سوداء طويلة في مسرح الجريمة بعد اختفاء الفاتنة.

أليكسي ولم يتم العثور على الفتاه الفاتنة ذات الشعر الأسود الطويل أبدا، وبقي فقط ذلك الرسم على الجدار رسمها في المدينة ويظهر الفاتنة القاتلة وقد تمّ تسميته الرسم بالفاتن القاتلة التي أصبحت أسطوره.

لا طريق للعودة

(وسيلة العبور)

المنطقة 12 للأحلام

تحت الأرض.. ، هناك مكان يدخله الناس عند نومهم فقط ، وعند دخولهم في الأحلام، حيث أحيانا يصل بعض الأشخاص فقط منهم وليس الجميع إلى مكان معين في الأحلام، إنها منطقة لا يدخلها الناس بسهولة، ولكن من يصل إليها لا يستطيع الخروج.

المنطقة تسمى بالمنطقة 12 للأحلام

هناك من يستطيع دخول هذا المكان، ولكن ليس من يبحث عنه.

ولكن من يدخل تلك المنطقة..

يحدث له ما يحدث تاليا:

إن من يدخل المنطقة 12 للأحلام، هذا يعني أنه بالتأكيد سوف يصل إلى هذه المنطقة بالذات.

يدخلها من يتعرض لتعب قاتل، وإرهاق للجزء الأيسر الخلفي للمخ.

يدخل العقل قبيل الخلود للنوم إلى انسداد أو بلوك من نوع ما، وهذا بعد تعرض الشخص لمتاعب معينة تجعله، يحاول العقل التخلص من كل ما مر به هذا الشخص.

ينام الشخص ويحاول الدخول في عالم الأحلام، ولكنه لا يستطيع أن يرى الأحلام الجميلة لا تراود إلا الناس السعداء أو المرتاحين.

بينما تراود الكوابيس الناس الذين لهم خوف واضح، والذين يكون العقل في حالة وضوح، وليس مبهما مثلما يحدث مع أول شخص تطرقنا إليه.

عندما ينام الشخص، وخاصة بعد مدة من المعاناة من الأرق، فإنه بعد ذلك يدخل وبصعوبة في مرحلة النوم، ولكنه يقفز مرة واحدة إلى تلك المنطقة التي لا عودة منها.

يدخل الشخص الحالم والذي في بداية الأمر تقابله صفحة سوداء، وكأنه يعاني من العمى أو ربما في منطقة مظلمة، ولا يرى أمامه إلا شاشة سوداء فقط ولا شيء آخر.

وبعد ذلك تبدأ الرؤية بالوضوح، حتى يجد نفسه في مكان ما، أكثر تخمين أنه تحت الأرض.

مكان يشبه الساحة الكبيرة والمغلقة، مثل مرآب كبير مثلا، وهناك فقط بعض الضوء، ليس بالكثير في ذلك المكان الذي يشبه إلى حد كبير تحت الجسور لكنه مغلق بالكامل.

في تلك المرحلة، تأتي الخطوة التالية للحلم أو ما يسمى الخلاص.

يحاول العقل الخلاص من المشاكل ومن الصدمة التي تعرض لها، وهذا ما يجعله يقفز إلى ذلك المكان.

كل شخص يدخل إلى تلك المنطقة التي هي بين بين

إنها منطقة حيث لا يمكن لمن يدخلها العودة منها.

ربما تسمى منطقة وربما هي طريق ولكنها طريق باتجاه واحد باتجاه شيء مجهول باتجاه عالم غير معروف

في تلك البقعة سواء كانت طريق أو منطقة بين بينين إلا أنها مكان خطير.

عندما يصل الشخص إلى تلك البقعة بالذات، فإن شيئا خطيرا يحصل له، ولا يوجد طريق للتراجع ولا بأية وسيلة ممكنة.

ذلك الشخص الذي يدخل إلى تلك المنطقة، عقله يريد
له الخلاص، ولكنه يدخل منطقة ويكون فيها مستهدفا

في تلك المنطقة مثلما دخل ذلك الشخص إليها فإن طرفا آخر يلتحق به، ويدخل إلى نفس المنطقة.

الطرف الآخر غير معروف الهويّة إنه كائن وليس شخص بالطبع.

إنها كائنات مثل الأرواح

الأرواح أكثر تلاؤما لتشبيه هذه الكائنات بها

أنها كائنات من عالم آخر، وهي كائنات ليست ودودة بل هي كائنات سيئة وحشية وهي تائهة

هذه الكائنات تعيش في مكان سيء للغاية

مسجونة فيها عالقة ولا تستطيع الفرار ولا التحرر

هذه المخلوقات تخضع لأمر ما في عالمها.

ولكن هناك دائما توجد فرصة لأي شخص أو أي كائن بإيجاد أمر عجيب.

العجائب تحدث والغرائب كذلك.

التواصل مع عالم آخر

يوجد شخص بين البشر لديه مقدرة على التواصل مع تلك الشخصيات، وذلك ببعض الشعوذة حيث يحصل على ما يريد، مقابل أن يتحقق ما يقوم بالشعوذة من أجل أحد الكائنات ليتحرر

ومقابل ذلك التحرر سوف يقدم ذلك الكائن طاقة غريبة لذلك الشخص (المشعوذ) تمكنه من فعل ما يريد في بداية الأمر

كيف يتحرر هذا الكائن.

الكائن.. ومن فعل الشعوذة ينتقل من عالمه إلى تلك المنطقة إلى الطريق الذي بلا عودة في نفس التوقيت، حيث يأتي شخص ما يكون هذا الشخص متواجد في نفس المكان بفعل الصدفة العجيبة

وعندما يدخل أي شخص من البشر إلى تلك المنطقة سوف يدخل على الفور أحد أولئك الكائنات إلى نفس الطريق حيث عليه أن يقوم بأمر ما

على الكائن أن يصطاد الشخص المريض في نفس لحظة وصوله، وعليه أن يطارده من اجل شيء معين والذي هو أن يسكن فيه.

الكائن هو مثل الروح وهو بحاجة للخروج من ذلك المكان لذا يحتاج وسيلة عبور وهذه الوسيلة تكون

الشخص الذي دخل تلك المنطقة بفعل الصدفة بعد تعرضه لكل ما سبق وبعد أن مر بكل تلك المراحل.

يسقط ذلك الكائن من لا مكان في تلك البقعة التي لا زال الشخص يكتشفها، يطارده ويصطاده لكي يسكن جسده وينتقل عبره إلى عالم البشر، عالم الحريّة بالنسبة له ككائن محبوس في ذلك المكان الفظيع

الكائن له جسد يشبه أجساد البشر، ولكن لا وجه له وهذه ليست هيأته الحقيقية، بل الهيئة التي يظهر بها للشخص الذي يريد افتراسه في تلك المنطقة.

الشخص ولأنه يعاني من صدع ما، فإنه لا يكون ذكيًّا ولا قويًّا ولا يستطيع الفرار، بل يتمكن منه الكائن.

عندما يصحو الشخص الذي يكون قد تعرض لنوبات كهربائية صعبة، ويتعرّق وهو نائم لأن حرارة جسده ترتفع بشكل كبير، ثم وبعد أن يتمسك به الكائن جيدا ويسكن جسده تعود الحرارة إلى طبيعتها تدريجيا

عندما يصحو الشخص لا يكون على طبيعته، ولا يتصرف تصرفات طبيعية، بل أنه أول ما يصحو يشعر بجسده ثقيل جدا، ولا يكاد يرفع جسده عن السرير.

وبعد ذلك يصبح هذا الشخص ميالا للعزلة والانطواء، وبشكل كبير ومباشر، تطرأ عليه بعض التغييرات في شخصيته وفي تصرفاته.

أما بالنسبة للأمور التي تتعلق بالشخصية فهو لا يحبذ قضاء الوقت مع الناس كثيرا، ولا يحب الدخلاء على حياته، خاصة من يريدون أن يملوا عليه ما يجب فعله.

كما أنه يصبح شخصا اتكاليا، ولا يطيق للجهد العضلي كثيرا.

قد يفقد عمله.

وتدريجيا يصبح لديه سوء تغذية، ولا ينتبه لغذائه أحيانا يأكل بشراهة وكميّات كبيرة، وأحيانا ينسى تماما تناول الطعام ولساعات وقد يكون يوما كاملا.

أراد السيد دان (طبيب نفسي صيني والدته أمريكية
لكن والده صيني) أن يحلّ هذا اللغز، وقد توصل
لفقدان اثنان من أصدقائه وحبيبته أيضا، ولكنه لم يكن
يعلم تفاصيل الموضوع إلا أنه كان طبيب نفسي وقد
علم بأن أصدقاءه لم يكونوا مجانين

أحد أصدقائه (مخبري صيني يعمل في مشرحة في
مستشفى صيني) أقدم على الانتحار.

والصديق الآخر(محامي أمريكي يعيش في الصين)
ادخل نفسه إلى مصحة نفسية من اجل العلاج لأنه رأى
بأنه لا يستطيع الاعتناء بنفسه

أما صديقته (حبيبته فتاة صينية) فقد أصبحت انطوائية جدا وانفصلت عنه.

لماذا قرر دان أن يبحث في الموضوع، ولماذا ربط هؤلاء الثلاثة ببعضهم البعض.

لقد ربط الأشخاص الثلاثة ببعضهم البعض، لأنه طبيب وقد لاحظ عليهم نفس الأعراض تقريبا ولكن بدرجات متفاوتة.

وخسارته لحبيبته كانت أصعب أمر يحدث معه لذا قرر أن يبحث في السبب وراء تغير تصرفاتها لاحظ خلال إجراءه لبحوثه بأن حالتها تشبه صديقيه الآخرين

تغير في التصرفات.

اضطراب في نظام الغذاء.

خسارة الوزن، وأحيانا الوزن يصبح أكبر (خلل الوزن كان أكثر شيء لدى حبيبته).

اللابتوب الملعون

يعمل الشاب في مقهى مع عمه العجوز وفي يوم لم يكن هناك الكثير من الزبائن إلا بعض الأشخاص المعروفين من المدينة، والذين يأتون بشكل يومي تقريبا.

حصل شيء غريب في ذلك اليوم.

بعد أن انصرف الجميع، وكان الفتى يقوم بالتنظيف لأجل الإغلاق.

لاحظ شيئا غريبا.

لقد وجد لابوتبا على إحدى الطاولات، ولكن بالجانب الأيسر للمقهى حيث لم يجلس أحد هناك، ولم يتم طلب أي شيء لأحد على هذه الطاولة.

وعندما سأل عمه إن كان قد لاحظ أحدا هناك، قال له لا لم يعلم لمن ذلك اللابتوب، فقرر أن يحتفظ به حتى يرجع صاحبه.

وبعد مرور شهر بالكامل، ولم يأت أحد لكي يسأل عن اللابتوت، قرر الفتى أن يفتحه.

أخرج اللابتوب من الحقيبة، وبمجرد أن وضع يديه عليه حتى صعقته كهرباء.

وما إن فتحه حتى وجد به كل ما كان يحلم به.

لقد كان الفتى يحب سباقات السيارات، ولكن ليس لديه وقت للعب ولا مال، ولم يكن يستطيع شراء سيارة حقيقية، رغم أنه كان يحلم بها

وهكذا أدمن اللعبة وأصبح لا ينفصل عن اللابتوب أبدا

لقد لاحظ العم بأن الولد ملبوس، هذا ما كان العم يقوله
كان يقول بأن شيئا ما قد تلبّسه من اللابتوب

ذهب العم إلى صديق قديم له، وأخبره بما جرى،
وطلب منه المساعدة.

أخبره الرجل بأن عليه أن يتخلص من اللابتوب بأية
طريقة، ولكن لا أن يحطمه لأن الفتى معلق به الآن
بطريقة أو بأخرى، بل يجب تمرير الأمر إلى شخص
آخر

ثم قال له:

ولتكن أنانيا، ومرر الأمر لشخص ما، لكي تتخلص
منه أنت وابن أخيك

عليك أن تتخلص من اللعنة بإلصاقها في شخص آخر،
وهكذا تلتصق به وتتركك بحالك.

أيّ أنه عندما يحمل عنك الحمل شخص آخر، فإنك سوف تتحرر وبكل سهولة.

ولكن.. لن يحمل عنك الحمل أي شخص إلا إذا أنت خدعت شخصا لكي تلتصق به اللعنة، فهكذا تعمل اللعنات.

قرر العم التخلص من اللابتوب، ولكن الفتى لم يكن ينفصل عن اللابتوب للحظات.

لا يأكل ولا يشرب، ولا يفعل شيئا إلا مقابلة ذلك اللابتوب.

في البداية..، قرر أن يجعله ينام لكي يأخذ اللابتوب ولكنه بصعوبة، أن استطاع أن يسقيه شيئا حتى ينام

وبعد أن خلد للنوم أخذ العم اللابتوب دون أن يلمسه بيديه العاريتين ووضعه في الحقيبة، وانطلق أبعد

مسافة ممكنة، ووضع اللابتوب في محطة للبنزين

وادعى أنه نسيه هناك، وفرّ دون أن يرى ما سيحصل

وراءه.

ولكنه تخلص من ذلك المشكل، ولم يكن يعلم كيف

سيجد الفتى؟

عندما عاد إلى البيت، وجد بأن ابن أخيه نائما، ولكنه

عندما صحا لم يكن يعرف من هو، ولا ما يفعله هناك

يبدو أنه قد فقد ذاكرته.

أخذت طفلة صغيرة اللابتوب الذي عندما فتحته دون أن ينتبه لها والداها وجدته مليئا بالألعاب والكرتون

ألعاب الأزياء، والماكياج والكثير.. الكثير غير ذلك

فلم يستطع والدها أن يأخذه منها لأنها كانت تصرخ عاليا.

وكانت تقول لقد وجده انه لي

لذا أوقفته الوالدة لكي لا تنهار ابنتها الوحيدة بالبكاء، وقالت له لنترك رقم هاتفنا هنا، وان اتصل صاحبه أخذه.

ثم عندما التفت لابنتها، قالت :

أو أعطيناه مالا بدلا منه، ولكن الآن دعه للفتاة لكي تلعب به.

لقد أصبحت تلك الطفلة مدمنة عليه، وأعرضت عن الطعام والشراب والذهاب إلى المدرسة.

ذهب والدها إلى طبيب نفسي، وأخبره بالأمر فطلب منه الطبيب أن يحضرها هي واللابتوب

عندما وصلوا إلى العيادة وضع الطبيب الطفلة واللابتوب في غرفة، وكان يراقبهما من الغرفة الأخرى.

لقد رأى بان الفتاة تخضع لسيطرة اللابتوب فقرر فحصه، ولكن الطفلة لم تكن لتعطيه له

سألهم هل اللابتوب موصول بالإنترنت، فقالوا على حد علمهم لا.

لقد كان الطبيب متأكد بأن وراء اللابتوب يوجد شيء يتحكم في الطفلة.

أرسل الممرضة لكي تحقن الطفلة بإبرة منوّم لكي تخلد للنوم فيستطيع أخذ اللابتوب.

وبعد أن قام بتنويمها أخبر الوالدين بأنه عندما تصحو سوف يقوم بجلسة تنويم مغناطيسي، لكي يجعلها تتخلى عن فكرة اللابتوب.

ولكن يجب أن تتناول بعض الأدوية، ويلي هذه الجلسة أكثر من جلسة لكي تتخلص نهائيا من الشيء الذي يسيطر عليها.

يبدو أن الممرضة قد رأت شيئا لمع في عينيها، وهي تحقن الطفلة دون أن تضع يديها على اللابتوب

بعد أن نامت الطفلة أخذ الطبيب اللابتوب، وهو يضع
قفازين ووضعه في غرفة المكتب لكي يدرسه، وليكن
وبينما هو يتناقش مع الوالدين في الغرفة حيث تنام
ابنتهما دخلت الممرضة وبيديها العاريتين أمسكت
اللابتوب الذي صعقها بالكهرباء، وهربت

لم تكن الممرضة بحاجة لذلك الجهاز، ولكن يبدو أنه هو من كان بحاجتها.

بحث الطبيب عن الممرضة كثيرا، وقد علم بأنها هي من أخذت اللابتوب فلا يوجد غيرها، من يمكنه دخول مكتبه.

وعندما أرسل في طلبها من بيتها علم بأنها لم تعد إلى البيت، وقد أرسل إلى هناك مرارا وتكرارا ولكن بلا جدوى.

كان يعلم بان اللابتوب خطر عليها وعلى غيرها ولكن لم يكن لديه دليل ملموس لذا لم يستطع أن يبلغ الشرطة

وبعد مرور عدة أسابيع..، قتل أحد رجال العصابات فتاة متشرّدة لكي يسرق منها لابتوبا، وقد كانت تلك الفتاة هي الممرضة نفسها.

وجد رجل العصابة ذلك اللابتوب الذي لا يحتاج الشحن مليء بأفلام العصابات والألعاب أيضا..

كان وكأنه يستمد منه الخطط لذا لم يعد يفارقه أبدا وبدل أن يبيعه أصبح يعبده ليلا نهارا.

وفي يوم ناداه رئيسه ولم يكن يجيب، وهذا ما جعله يظن أنه يعصاه ولا يطيعه، بل بدا وكأنه يتحداه فأطلق عليه النار، ولكنه أصاب اللابتوب أيضا.

وهذا ما جعل اللابتوب ينتقم منه، ويعيد عليه رصاصته فمات هو أيضا، وبرصاصة واحدة قتل رئيس العصابة أحد رجاله وضرب اللابتوب بنفس الرصاصة، بل ومات هو الآخر أيضا بنفس الرصاصة التي انطلقت من مسدسه الذي كان في يده.

لقد ضرب اللابتوب وتدمر ولم يعد صالحا، ولكنه كان بالفعل ملعونا واستطاع أن ينتقم لنفسه.

باترون الأموات

السيد ماكس ثورن

هذا الرجل هو رجل محبوب في المجتمع، ولكنه في الحقيقة كان رجلا خطيرا للغاية.

كان ماكس يعمل عملا في الظاهر، هذا العمل يتضمن عملا آخر في الباطن، عمل خفي لم يكن أحد يعلم شيئا عن عمله الثاني.

لقد كانت لديه مهنة مزدوجة تشبه إلى حد كبير مهنة الجوسسة حيث يظهر الجاسوس للناس بشخصية غير شخصيته الحقيقية التي يخفيها، ويحاول جاهدا إخفائها.

ولكن مهنة ماكس كانت تختلف عن الجوسسة اختلافا ملحوظا.

كان يعمل لدى نفسه، وليس لدى جبهة أو مؤسسة أو شركة معينة.

كان ماكس يعمل مع المدافن، المقابر وفي مجال الجثث وكل ما يتعلق بها.

يعمل مع مشرحة المستشفى الولائي بمدينته، أكبر مستشفى هناك.

كانت مهنته التي يعرفه بها الناس هي مهنة الشماس والذي كان هو الرجل الذي يهتم بالجثث قبل حفل التأبين والدفن، ولكن كان لديه مهنة أخرى، وهي ترميم الجثث.

لقد كان ماكس يحب الجزء الثاني من مهنته، والذي كان ترميم الجثث، ولكن لم يكن هذا هو الازدواج في مهنته إذ أن كل الناس يعرفون بهذا الجزء من عمله

بالنسبة لترميم الجثث فقد كان يهتم بجثث الحرائق والحوادث ويقوم بمحاولة خياطة الجثث الممزقة أو تعديل الجثث المهترئة، وأيضا الجثث التي اجري هلا تشريح وأحيانا الجثث التي قد أنهي طلاب الطب العمل

عليها، لقد كان هذا الأخير عملا تطوعيا منه هو وقد تقدم به إلى رئاسة الجامعة

وهذا لم يكن عملا صعبا بالنسبة إليه، لأنه كان يمتلك قلبا قاسيا من حجر، فلا يشعر لا بالألم ولا بالوجع ولا بالاشمئزاز ولا غير ذلك..

كان ماكس وكأنه لا يشعر بشيء، وكأنه لا يمتلك مشاعر، وهذا ليس جديدا عليه بل هو كان هكذا كل حياته، وربما كان هذا هو السبب الرئيسي وراء أنه ليس له عائلة.

لقد عاش حياته وحيدا، ولازال يعيش لوحده حتى وهو في سنه هذه فهو في سنّ الخمسينات من عمره.

يعيش ماكس في بيت كبير بالقرب من المقبرة، والمستشفى لم يكن بعيدا عنه، ولا حتى الكنيسة، ولكن أقرب مكان إلى بيته كان المقبرة إذ كان يستطيع سماع الأصوات، التي يقولون أنها تصدر من المقبرة ليلا.

كانت هناك إشاعات بأن المقبرة مسكونة وأن هناك أرواحا هائمة فيها ليلا وأن بها أشباح.

أحيانا.. كانت تلك الشائعات من أجل إخافة الأطفال، وأحيانا.. كانت تدب الرعب في نفوس المراهقين والبالغين أيضا.

العاقلون لم يكونوا يصدقون تلك الخرافات عن كائنات تسكن المقبرة، ولكن ماكس كان يعلم حقيقة الأمر وحقيقة ما يدور في تلك المقبرة التي تمتد جذورها إلى آلاف السنين.

لم تكن المقبرة صالحة للدفن، بل كانت هناك مقبرة في الجهة الغربية من المدينة، وهي التي تقوم البلدية بإخراج تصريحات للمواطنين بالدفن فيها.

أما هذه المقبرة فقد تمّ الاستغناء عنها منذ مدة طويل، بل ولا يستحب التجول بقربها ليلا كما أن البلدية لم تستطع أن تغلقها بالكامل، ولا أن تستفيد من قطعة أرض كانت بالقرب منها إلا أنه كانت تحدث حوادث

غامضة في كل مرة قررت البلدية الاستفادة من قطعة الأرض تلك.

وبالتالي يصبح لا حلّ بيد الوالي أو رئيس البلدية إلا إلغاء المشروع المقرر إقامته على تلك الأرض.

وهكذا وبعد مرور العديد من السنوات، وإلغاء الكثير من المشاريع بقيت الأرض مقفرة بلا أي هدف

مجرّد أرض غامضة وغير صالحة لأي شيء.

أما بالنسبة لماكس فقد كان لا يخاف المقبرة تلك أبدا،
بل ويعرف كل أسرارها.

لقد كان ماكس يعمل العمل الثاني، والذي كان مخيفا
مع اتفاق مع أهل تلك المقبرة ونعني بأهلها هم سكانها
ولكن ليس بالطبع أناس وليس الأموات أو من هم تحت
الأرض بل سكانها الذين كانوا يعيشون في كل جزء
منها تحت الأرض وفوقها وفي الهواء.

سكان تلك المقبرة كانوا أشباحا، كما يطلق عليهم الناس
ولكن ليسوا حقا أشباح بل هي أرواح.

إن مهنته كانت مع عالم خفي ولكنه يستطيع التعامل معهم، لقد كان يتعامل مع نوع من الأرواح التي كانت متعطشة لأجساد تلبسها فتخرج بها إلى عالم البشر.

نعم.. لقد كانت المعاملات تتم وفق طريقة معينة، وهي أن يؤمن ماكس لتلك الأرواح أجسادا ويقدمها لها مقابل شيء معين يحصل عليه.

لقد كانت الأرواح غريبة ومتمسكة بالتجسد وتريد أن تحقق أمنياتها بقوّة، لذا وجدت طريقة لكي تحصل على أجساد كان يؤمنها ماكس لهم ويقدمها لهم.

لقد كان ماكس يقوم بمعالجة تلك الجثث، وبعد أن ينهي كل عمله عليها.

فانه يقوم باستعداء الأرواح ويتفاوض معهم من الذي يريد هذا الجسد وبعد الاتفاق مع إحدى الأرواح التي تصبح كأنها هي مالكة ذلك الجسد، يقوم ماكس بختم ذلك الجسد لكي تعرف كيف تصل إليه الروح وهو تحت التراب.

وبعد حفل التأبين أو التوديع وبعد أن تدفن الجثث، كان ماكس يقوم بالذهاب إلى المقبرة لكي يخرج تلك الجثة

بعد أن تكون قد سكنتها الروح التي اتفق معها ويأخذها إلى بيت، ويقوم بتعديل ملامحها كي تشبه النسخة الحقيقية لأنها سوف تخرج إلى الشوارع وتسير بين الناس.

لقد كانت تلك الأرواح متعطّشة للخرج من شكلها غير المرئي إلى امتلاك أجساد تعيش بها بين البشر، لدرجة أنها كانت تطلب من ماكس حتى تلك الأشلاء التي يخيطها مع بعضها، لكنه كان يخبرهم بأنهم حتى لو حصلوا عليها فإنهم لن يستطيعوا أن يعيشوا بين الناس، ولكن البعض يصر عليها ويعيش بها في المستنقعات والبحار والصحاري.

كما أنه يجب أن يوفر جثة امرأة أو فتاة لأرواح الإناث، وجثث رجال للذكور وأيضا جثث للأطفال.

لقد كان مهتما بكل الأموات حتى أموات الحوادث والقتل، ولم يكن لديه قلب لكي يخاف أو لا يعجبه عمل ما بل كان مقبلا على العمل والحياة.

أما البعض فإنهم كانوا ينتظرون الفرصة المناسبة والجثة المناسبة التي يرغبون بها، وهنا يختلف الثمن على حسب جودة الجثة لذا كان ماكس يحاول أن يحقق كل أحلامه بإجراء كل تلك المفاوضات

وأكثر أمر كان يهمه ويهم الأرواح هو أن لا يموت ماكس حتى يعيد كل تلك الأرواح إلى الحياة في أجساد جديدة لذا كان يطلب مساعدته في أن يعيش طويلا،

لقد كان يفاوض على حياة طويلة وسنوات إضافية لعمره وأيضا صحة ومال.

لقد كان يحب عمله كثيرا، ويحب التقدير بين الناس وأنه مميز لدرجة أنه يتعامل مع عالم الأرواح، وهذا كان يغذي شعوره بالغرور والتميز، لأنه ليس ككل البشر.

ليس بشرا عاديا.

حقا.. لم يكن ماكس رجلا عاديا، ولا بشريا عاديا، بل كان خادم الأرواح وبائع الأجساد التي يقوم بتفصيلها على قياس كل روح.

لقد كان كأنه خياط يقوم بتفصيل الثياب لكي يرتديها الناس، بينما هو يفصل الأجساد لكي ترتديها الأرواح،

وقد كان مخلصا لمهنته ويحبها كثيرا، كما كان يرى بأن عمله يدوي وكل تحفة هي لا تشبه الأخرى.

لقد كانت تجارة رابحة بالنسبة له، وعالم لا يستطيع أن

يتخيل حياته بدونه.

رغم الجثث الكثيرة التي كان يبيعها ماكس إلا أن عدد

الأرواح كان في ازدياد أيضا.

فالأرواح الهائمة والضالة والتائهة كلها كانت تتوجه

لكي تعيش في تلك المقبرة التي بجانب بيته وبالتالي

تستطيع أن تتواصل معه، وأن تتفق على جثة ما تستفيد

منها وتستوطنها لتصبح لها جسدا.

ورغم أنه لم يكن رجلا سيئا إلا أنه كان يشعر بشيء من السعادة عندما يسمع عن حادث جماعي أو أن هناك عدد من القتلى أو الناس قد ماتوا.

لم يكن يحب الشر للناس، ولا يحب أن يموتوا، فهو لم يتمنى الموت لحد يوما.

ولكن تفكيره كان مختلفا تماما لقد كان يقول:

أن تدفن كل هذه الجثث فلنعطي فرصة للأرواح المتمسكة بالحياة أن تعود مرة أخرى، وأن تستفيد من جسد سوف يدفن ويتحلل، أو يحرق وينثر.

لقد كان يسرق الجثث الموجه للحرق ولا يدع أي جثة تفلت من يده، لقد كان دقيقا في عمله وحريصا على أن يعلم بكل وفاة في المدينة لكي يتبع الجثة فيحصل عليها ولا تفلت منه.

وقد كان حرق الجثث هو من أكثر الأمور التي تساعده في عمله، إذ بعد أن يأخذ الجثة فانه لا يقع في فخ إلقاء

القبض عليه، فلو كانت جثث مدفونة ربما وقع أمر ما أو حادث فكشف أمره ولكن أمر الجثة ينتهي بعد الحرق مباشرة.

ورغم أن الأرواح كانت تريد لماكس أن يعيش كثرا إلا أن إحدى الأرواح كانت لرجل يعرف ماكس جيدا، ولكنها لم تحتك به كثيرا لأنه كان ليكتشف من هو.

تلك الروح بالذات، لم يكن لها تفكير كباقي الأرواح

لقد كانت تريد جثة ماكس نفسه.

لقد كانت تلك الروح تحقد على ماكس وتشعر بالغيرة، منه لأنه مازال على قيد الحياة، ويعيش سعيدا وبصحة جيدة.

لقد كانت تلك الروح تغار من طريقة تعامل ماكس مع الأرواح، وكيف أنهم يقدرونه لدرجة أنهم في نظر تلك الروح يعبدونه.

أرادت تلك الروح جسد ماكس بقوة، ولكن كان عليها أن تجد طريقة لكي تستحوذ عليه.

فماكس كان يفاوض على طول العمر لذا كيف السبيل إلى احتلال جسده.

لقد كانت الروح تريد أن تسكن الجسد ولو بالشراكة مع روحه حتى تقضي عليها، ولكن هذا لا يحدث إلا بشروط معينة.

وهناك احتمالات لذلك..

أولا:

على ماكس أن يموت وأن لا يدفن

أو عليه أن يموت موتا بشعا بطريقة سيئة

ثانيا:

على ماكس أن يبيع روحه إلى الروح التي تريد أن تسكن جسده، وهذا تصبح هي الأقوى فيمكنها اختراق مجال الروح الأولى أو الأصلية.

ثالثا:

على الروح أن تجد القوة لخطف روح ماكس لكي تدخل مكانه، وربما موت مؤقت مثل السكتة القلبية أو الموت بصعقة كهرباء، وبعد ذلك الصعق من جديد بعد أن يحتل هو الجسد.

رابعا:

أن يقدم ماكس دعوة إلى تلك الروح بأن تدخل جسده، وأن تعيش فيه بإرادته.

لقد كانت الاحتمالات الأربعة تقريبا كلها صعبة على تلك الروح.

ولكنها فكرت في الاحتمال الثالث، الذي كان أقرب إلى الممكن منه إلى المستحيل.

لقد قررت تلك الروح أن تستحوذ على جسد ماكس، ولكنها لا تمتلك القوة لفعل ذلك لذا قررت أن تجمع بعض الأرواح الشريرة، لكي يساعدوها في فعل ذلك

استغرقها الأمر بعض الوقت، ولكنها توصلت في الأخير إلى حلّ وسيط.

لقد بحثت بين الأرواح عن أرواح كل الأشخاص الذي ماتوا بصعق كهربائي، لأن الروح تحتفظ بكل تلك الشحنات الكهربائية التي تعرض لها الجسد أثناء الصعق، فتحملها معها أثناء مغادرتها للجسد.

لقد كانت لديه فكرة أن يجمع أكبر عدد من تلك الأرواح، لكي يحاول أن يصعق بها ماكس فيموت لبعض الوقت بينما هو يحتل الجسد بعد ذلك بثواني معدودة، تصعق الأرواح جسد ماكسويل مرة أخرى فيعود إلى الحياة ولكن بروح جديدة، روح ذلك الرجل الشرير الذي يمقت ماكس ويغار منه ويحقد عليه

لقد كان البحث عن الأرواح أمرا في غاية الصعوبة، والأصعب منه كان إقناعها بالمساعدة، وأيضا الوثوق فيها، لأنها ربما كانت لتخلف بوعدها، ولا تصعق ماكس للمرة الثانية، وفي تلك الحالة، سوف يعتبر الجسد ميتا وتقبض الروح التي به، وسوف تكون في تلك الحالة روح الشرير.

لقد كان الأمر معقدا بالسبة للأرواح، ولم يكن بتلك الرؤية الواضحة.

أما بالنسبة للأرواح التي بها الشحنات الكهربائية، فقد كان لابد لتلك الروح الشريرة أن تجد ما تدفعه لها بعد المساعدة لأن الأرواح لا تقدم خدمات بلا مقابل تقريبا مثل البشر في هذه النقطة.

هذا الأمر هو ما جعل الروح الشريرة تقرر ما الذي ستدفعه لها.

لقد وعدتهم الروح الشريرة بأنها سوف تصبح خادما لهم، بعد أن تصبح في جسد ماكسويل ويمكنها أن تدخل الجسد في أي وقت تشاء، لأنه سوف يقدم لهم دعوة دخول إلى الجسد.

كما أنه وعدهم جميعا بأنه سوف يجد لهم أجسادا تعجبهم كما انه لن ينتظر مجيء الأجساد لوحدها مثلما يفعل ماكس بل سوف يسعى هو للبحث عن أجساد الأحياء فيقوموا بالاختيار ثم يقوم هو بقتل أولئك الأشخاص بطريقة أو بأخرى.

بعد كل تلك الإغراءات التي قدمتها الروح الشريرة،
قررت تلك الأرواح أن تساعدها في تحقيق مرادها
وهكذا نصبوا فخا لماكس.

وقاموا بصعقه ودخلت تلك الروح فصعقوا الجسد مرة أخرى، لكي يقوم جسد ماكس بالروح الجديدة، الروح الشريرة.

لقد تمّ اختطاف روحه أيضا وتم إلقاءها في محيط غير معروف، لكي لا تجد الطريق للعودة.

وأصبح جسد ماكس أول جسد حي يغير الروح بل هو أول روح تسكن جسدا ليس لها، وأول روح تسكن جسدا ليس بجثة بل جسد كان بروحه.

وقد أعجبت هذه الفكرة ماكس الجديد لذا قرر أن يختطف بعض الأشخاص، لكي يقوم بصعقهم بتلك المجموعة من الأرواح التي تمتلك الكهرباء، وإدخال أرواح أخرى فيهم وذلك مقابل الحياة والخلود.

وواصل عمله في القتل والاختطاف مقابل بيع الأجساد وتعديلها، لكي تناسب الأرواح وتناسب الوضع الجديد ولكي تبدأ مشوار حياة جديد.

عالم كاروشي

عالم كاروشي

يوجد في عالمنا عالمان متوازيان علم البشر وعالم كاروشي، بالنسبة لعالمنا فالبشر يعرفون عنه القليل، نعم القليل وليس أكثر من ذلك.

فكلما عاش الشخص تعلم عن عالمنا أكثر، ولكن ذلك غير كاف فهناك الكثير من المعلومات، التي لا نعرفها عن عالمنا رغم أننا نزعم أننا نعرف.

أما عن عالم كاروشي فلا أحد يعلم عنه شيئا، إنه عالم خفي وغير معلوم.

كما أنه عالم مخيف بعض الشيء.

ككل العالم.. في هذا العالم مخلوقات تخلق فيه، وتبث فيها الحياة، ولكنها تنتقل للعيش في عالم آخر.

كما أن مخلوقات هذا العالم لها علاقة وثيقة بعالمنا، بل وليس فقط بعالمنا بل بالبشر أيضا.

للبشر دور كبير في خلق مخلوقات عالم كاروشي، وهي ليست بالمخلوقات اللطيفة.

إنه عالم غامض ومظلم.

البشر وكاروشي

لكاروشي علاقة وثيقة بالعمل والإجهاد، وليس فقط العمل بل الإكثار من العمل، وربما حتى الانغماس في عمل ما دون توقف أو العمل بلا انقطاع، وهناك أيضا إدمان العمل.

كان رجل يدعى ماكس يعمل لمدة ستة عشرة ساعة يوميا ومعدل العمل هذا كان كبيرا وكهلا، وعندما أكمل مدة شهر كامل وهو يعمل يوميا لمدة ستة عشرة ساعة خلق جنين في عالم آخر عالم كاروشي.

وفي حالة ما إذا توقف الرجل عن العمل لمدة يوم واحد أو حتى إذا عمل لساعات أقل، فإن ذلك الجنين يندثر ولا يصبح له وجود، أو بمعنى آخر كأنه يموت أو يتفتت.

ثم يعاد الأمر بنفس الطريقة وإذا عمل شهرا لمدة ستة عشرة ساعة يوميا فان جنينا آخر يخلق بنفس الطريقة

وإذا زاد وقت العمل بدقيقة واحدة عن ستة عشرة ساعة بعد مدة شهر من العمل الجاد والمنتظم، فإن ذلك المخلوق ينفجر، ويخرج من العمود الفقري لذلك الرجل الذي كان يعمل.

فيموت الرجل من الإجهاد والعمل بشكل مبالغ فيه، أو هذا ما قد يبرر سبب موته بالنسبة للأطباء والبشر.

بينما يولد كاروشي ذلك المخلوق من جهد ذلك الإنسان

أما بالنسبة لمن يعمل بشكل منتظم ولكنه لا يزيد عن وقته المعتاد ولا دقيقة بل يخلد إلى فراشه من أجل

النوم، ولكنه يفكر في عمله وفيما يجب أن يفعله أو ما لم يقم به، فإن المخلوق ينفجر هنا أيضا، ولكنه إما يخرج من العمود الفقري أو الاحتمال الثاني هو انه يخرج من القلب.

المقبرة المسكونة

عانى جون الكثير من خيبات الأمل والكثير من الصدمات النفسية والجسديّة، وبعد أن دخل في مرحلة اكتئاب بعد الأخرى قرر أن يستقيل من حياته نهائيا، وأن يتقاعد من كل شيء.

لم تكن كل تلك الحالات النفسية قوية إلى درجة أن قادته إحداها إلى الانتحار مثلا، ولكنه قرر أمرا آخر.

لقد قرر بعد أن عاش وحيدا ولفترة طويلة، أن يغادر تلك المدينة.

كان يحلم بأمر وهو أن يغير اسمه وكل أسلوب حياته، قرر أن يغير عمله أو بالأحرى قرر أن يبقى بلا عمل لفترة من الزمن، وقد كان عمله ميكانيكيا.

بعد أن فكر جون في الأمر بجدية، ولم يكن ليتراجع عن الفكرة التي توصل إليها، قرر أن يبتعد عن تلك المدينة، وأن يسافر إلى أبعد نقطة عن كل الحياة التي عرفها.

لقد حزم حقيبة من المحل وليس من بيته لكي لا يأخذ معه أية ثياب تعني له شيئا أو تحمل معها أية أفكار وذكريات.

قرر أن يتوجه إلى أي محل للثياب، وأن يغير ثيابه بالمحل ويترك ما كان يرتديه، ويرمي به مع بقية الذكريات.

ترك هاتفه ومحفظته، وأيضا هويته وراءه.

أخذ معه بعض المال الكافي، وفكّر في أنه سوف يعمل عندما ينفذ مخزونه من آمال، فهو يستطيع العمل في أي محل أو مقهى أو مطعم، ولكنه لن يعمل عمله السابق لكي لا يتذكر أي شيء يتعلق بالماضي.

الأمر الوحيد الذي لم يستطع أن يتخلص منه أو يغيره، كان اسمه لقد قرر الاحتفاظ باسم جون.

ترك سيارته أيضا وراءه وبيته كما هو، واستأجر سيارة سافر بها.

لقد كان يفكر في أنه ربما قطع مسافة ألف كيلومتر، قد تكون كافية لكي للابتعاد عن كلما يعرفه.

لم يكن جون يعرف تلك المنطقة التي تنتهي عندها مسافة ألف كيلومتر لأنه قد فتح الخريطة، وأراد أن يحدد تلك المدينة أو القرية أو مهما كانت تلك المنطقة التي أرادها أن تكون ملائمة للعيش وأنها جيدة.

لم يكن يريدها أن تكون مدينة كبيرة، ولكنه لم يكن يمانع في أن تكون مجرّد قرية صغيرة، وهذا ما كان

يظنه لأنه لم يكن هناك اسم لأي مدينة أو قرية في تلك المنطقة، وعلى مساحة كبيرة.

لم يكن جون يريد ن يكون له أي اتصال بأي شخص عرفه في حياته، لأنه قد مل من نظرات الإشفاق عليه حين يكون في المستشفى أو لدى الأطباء.

ولم يحب يوما تجاهل أصدقائه له في لقاءاتهم واجتماعاتهم وسهرهم وكل تلك المناسبات التي كان يفوتها على نفسه، والتي كانوا يفوتونها عليه عندما لا يقومون بدعوته.

صعد جون السيارة التي استعارها، وانطلق في رحلة لا يعرف كم سوف تستغرق بالفعل.

قطع أميالا كثيرة وكان يتوقف للاستراحة في كل مدينة مر بها تقريبا، كان يستمتع بوقته فعلا.

لقد استمتع بتناول الطعام في مطاعم لا يعرفه فيها أحد، ونام بعمق في مراقد وفنادق لأول مرة يزورها.

كان يقود سيارة على طول الطريق ولا يتوقف إلا للضرورة، نوم واستراحة وتناول الطعام.

كما أنه قد تعامل مع الكثير من الناس والذين كانوا يحسنون معاملته على غير العادة.

في تلك المرحلة بالذات، كان جون قد سئم من كل الوجوه المحيطة به والتي كان يراها على الدوام، من جيران، أصدقاء، موظفون في المحلات ومحطة البنزين، وأيضا الأطباء والصيدلي القريب من بيته، وكل من كان يراهم بشكل يومي وأسبوعي.

بدأ جون يشعر ببوادر الشفاء والراحة النفسية، وقد كان لا يزال في بداية المشوار، ولم يصل إلى وجهته بعد، وهذا ما جعله يتفاءل بما ينتظره من مغامرات في حياته الجديدة.

لقد وصل إلى نهاية رحلته، وكان قد قرر بأنه لن يزيد كيلومترا واحدا بعد الألف.

انتهت تلك المسافة التي كان قد وضعها في خطته، والتي كانت النقطة الأخيرة فيها، هي البداية الفعلية لدى جون.

وجد جون نفسه في منطقة زراعية كبيرة، يبدوا وكأنها مجموعة من المزارع.

كانت هناك العديد من البيت أيضا المزرعة على طرفي الطريق، وفي المزارع التي على الجانبين.

قرر جون أن يتوقف عن القيادة، وأنه لا مزيد لركوب السيارة من جديد، ولم يعد يريد أن يزيد أي سفر، بل كان يريد الاستقرار الآن.

وهذا ما جعله ينزل من السيارة ويحمل حقيبته، ويتوجه بالسير إلى حيث تأخذه رجلاه.

لقد كان يقول في نفسه سوف أحد أي قرية قريبة من هنا، وسوف يكون ذلك على الأرجل فلا مزيد لاستعمال السيارة.

أنا في الديار، والسيارة تستعمل للسفر.

أنا في الديار..

كان يفكر في أن يستقر أولا ثم بعد ذلك سوف يعود من أجل سيارته، لكي يعيدها إلى الشركة التي استعارها منها أو ربما ستعين بها لمدة أطول.

كان هناك بعض الناس في تلك المناطق، والذين كان ينظرون إليه بنظرة غريبة لأنه بالطبع غريب عنهم، ولكن لم يكن ذلك هو السبب الوحيد، بل لأنهم كانوا منغلقين بعض الشيء ولا يحبون الغرباء.

مشى جون كثيرا، وهو يسير في نفس الاتجاه، وكأنه يعلم إلى أين يتجه، بينما في الحقيقة كان يتجه إلى الأمام فقط ولا يريد الرجوع ولا التراجع.

وعندما رأى بأن الوقت يمر بسرعة وأصبح المساء، فخاف أن ينام في العراء، لذا قرر أن يسأل أول شخص يجده أمامه.

سار كثيرا وفي تلك الفترة التي قرر فيها أن يسأل شخصا، لم يعد يرى أي شخص أمامه.

وفجأة رأى رجلان، رجل مازال يعمل في الأرض،
والآخر يركب حصانا.

وصل إلى الرجل على الحصان أولا وعندما ناداه
التفت إليه، ولكنه عندما سأله لم يرد عليه، بل تجاهل
سؤاله وأكمل طريقه، وكأنه لم يكن يريد أية علاقة به.

استغرب من طريقة معاملتهم له منذ البداية، ولكنه تابع
طريقه في صمت، حتى وصل إلى الشخص الذي
مازال يعمل في الأرض، وقد بدأت الشمس تغيب
وتكاد تغرب تماما، فقال له:

مرحبا يا هذا، هل يمكنك أن تساعدني رجاء..

لقد غابت الشمس، ولا أريد أن أبيت هنا في العراء.

كان الرجل لازال منهمكا في عمله في الأرض، ولا
يلقي بالا لجون، ولم يعره اهتماما حتى، ولا حتى
يلتفت إليه.

فأضاف جون، وقال:

استحلفك بالله يا رجل..

الرجل الفلاح:

ماذا تريد؟

وهيا اختصر..لا وقت لدي.

جون:

شكرا لك يا رجل..

أنا فقط أريد أن أعرف أين أجد أقرب مدينة أو قرية أو ربما مرقد، أي مكان لكي أقضي هذه الليلة فقط.

الرجل الفلاح:

اسمع لقد تأخر الوقت، ويجب أن أغادر الحقل حالا، فأنا لا أعمل بعد المغيب.

كل ما يمكنني قوله لك هو أن السير ليلا هنا ممنوع أو بالأحرى غير مرغوب فيه.

ولكن يمكنك أو تواصل سيرك إلى الإمام، وهناك بعد كيلومتر واحد سوف تجد قرية ولكن قبل أن تصل إليها هناك في طريقك مقبرة، فالتف حولها يمينا أو يسارا لمسافة خمسين مترا، ولكن إياك أن تدخل المقبرة.

جون:

لماذا؟

الرجل الفلاح:

لا تسال لماذا؟

جون:

ولكن.. سيدي أليس العبور منها سيكون أسهل لي، بالنسبة للطريق ألن تكون الطريق أقصر.

الرجل الفلاح:

أنت تكثر الأسئلة، ولكن اسمع..

يقولون بأن الأرض مسكونة.

جون:

حسنا.. حسنا شكرا يا سيدي

أكمل جون طريقه وهو يضحك لأنه أعتقد بأن الرجل أما مجنون أو أنه رجل جبان فكيف يقول كلاما كهذا.

وعندما وصل إلى حيث أخبره الرجل، والمكان لم يكن بعيدا، فقد كان يرى القرية، والتي كانت لتكون مكان استقراره وبدء حياة جديدة.

وقبل أن يصل إلى المقبرة بالذات، بدأ يعتقد بأنه يسمع أصواتا، ولكنه لم يكن متأكدا من ذلك.

راح يتلفت يمينا وشمالا، حيث هناك سور تابع للمقبرة ويحدها يمينا وشمالا، ولكن هناك أمامه بالضبط، وحيث هو يسير على الطريق المعبدة، توجد بوابة

وهي مفتوحة، وعلى الجانب الآخر، وليس بعيدا توجد بوابة أخرى ومنها الخروج إلى القرية، والمسافة ما هي إلا بضع أقدام، وليست مثل المسافة على اليمين واليسار .

التفت يمينا وشمالا كثيرا، وهو يفكر في كلام ذلك الرجل العجوز، الذي كان يسارع بالدخول إلى بيته، فهو لا يحب العمل ليلا مثلما قال.

وكانت كلمات الرجل العجوز تتردد في أذنيه..

((أرض المقبرة مسكونة))

وهو لا يكاد يصدق أنه غبي لدرجة أن يصدق كلام رجل جبان أو مجنون.

وبعد أن فكر قليلا، وهو لا يكاد يطيق صبرا لكي يصل إلى تلك القرية المتلألئة أمامه، والتي لا تفصله عنها إلا المقبرة المجهولة أو المقبرة التي كان يقول

وهو يصدق أصواتا مرعبة.

ووو ووو..

المقبرة المسكونة..

المقبرة الملعونة..

هيا يا جون، لا تكن جبانا..

بعد أن شجع جون نفسه بكلمات لكي يصبح بها قويا، وضع أول قدميه على أرض المقبرة، حيث عبر بتلك القدم بوابة المقبرة التي لم تكن تليق بها تلك الصفات التي قالها عنها، بل كان من الأفضل لو قال:

المقبرة المجهولة..

المقبرة المجهولة.. لأنه بالفعل كان يجهل كل ما فيها، رغم أنه من المنطقي أن في المقبرة بضع قبور منها التي بشواهد، ومنها التي لا اسم على قبر صاحبها وفقط.

من المفروض أنه لا يوجد في المقبرة الكثير من ذلك،
ولا في أي مقبرة أخرى.

فمن قد يقول أنها مكان مسكون أو ربما ملعون وان
كان القصد المقبرة فهذا نسبة للأموات الذين لطالما
اقترن وجود الجثث بالخوف.

وربّما من يؤمنون بالأرواح، سوف يقولون أن هناك
أرواحا، وشيء من هذا القبيل.

ما هي إلا لحظة واحدة، حتى ألحق جون قدمه الأخرى بالقدم الأولى التي وطئت أرض المقبرة، ولم يعد هناك إمكانية للرجوع.

لقد تغير كل شيء فجأة، وكأن جون قد دخل عالما آخر، لقد أصبح الوضع نهارا، ولكن وكأن هناك الكثير من الضباب.

ربما كان ضبابا إلا أن هناك رمادا في الهواء أيضا، لقد أصبح في مكان قاحل أجرد به ضباب ورماد ولا شيء آخر يظهر جيدا.

سار وسار وكانت الطريق لا تنتهي، وكأنه قد قطع
ألف ميل.

لقد شعر بالتعب الشديد، وهو يسير.. ويسير ولمسافة
لا تنتهي.. ، لقد كان يرى أمامه البوابة الأخرى التي
يخرج منها إلى القرية، وكان مصرا على الوصول.

ولكن.. عندما استبد به التعب، فكر في أن يعود
أدراجه، وعندما نظر إلى الوراء، وجد بأن المسافة
متساوية وهو تقريبا في المنتصف، فالبوابة التي كانت
ما تزال أمامه بعيدة، والبوابة التي أصبحت وراءه،
أيضا أصبحت بعيدة.

ولكن رغم كل شيء، التفت إلى الوراء وقرّر العودة
والخروج من حيث دخل، ولكنه تفاجأ بما حدث معه.

عندما التفت جون إلى الوراء، وقرر الرجوع اصطدم
بشيء، ولكن لم يكن هناك شيء أمامه، وعندما راح

يتلمس الهواء وجد بأن ما أمامه هو حاجز يشبه الزجاج وغير مرئي..

ولكن.. لقد كان الحاجز وراءه بالضبط، وهو قبل لحظات كان في تلك البقعة، لأنه كان يسير بخط مستقيم.

ذعر جون وخاف، وقرر أن يلتفت إلى الأمام، وأن يكمل سيره.

واصل جون سيره، ولكن السير لم يكن ينتهي والمسافة لا ينقص منها شبر واحد، وهكذا وبعد تعرق شديد وتوتر كبير، وكادت أن تصيبه نوبة هلع، إلا أنه كان يحاول تهدئة نفسه.

سار.. وجلس، ووقف، وجلس، وقام، وسار، وبقي على هذا الحال لساعات، حتى الجري لم يكن ذا فائدة.

لم يكن يحمل إلا لوح شكولاطة واحد، أخرجه من حقيبته لكي يتناوله، ولكنه سقط منه في حفرة صغيرة ولكنها عميقة جدا، ويخرج منها صوت غريب.

وفجأة هبت رياح شديدة، ولم ينتبه حتى غفي وكان يضع حقيبته تحت رأسه، أي كأنها وسادة وعندما هبّت الرياح استيقظ من صوت صفيرها، وما إن رفع رأسه عن الحقيبة حتى سحبها شيء ما أو شخص ما وغاب في الضباب.

صرخ.. وصرخ.. ولكنه لم يكن يسمع صوته حتى.

وبعد فترة.. قام يمشي من جديد حتى اختلفت المسافة فجأة وأصبح بالقرب من البوابة، ويمكنه رؤية الناس قليلا، وقد أصبح الجو عندهم نهارا، أي وراء البوابة وما كان يرى بأنه مظلم على أنه ليل أصبح نهارا.

بدأ يصرخ.. ويصرخ.. ولكن لم يكن يسمعه أحد وثبتت المسافة إلا أنها أقصر من ذي قبل.

وأصبح أمامه جدار من زجاج أيضا.

لم يكن الناس يسمعونه ولا ينظرون إليه، لا الرجال ولا النساء، ولا حتى الأطفال الذين يلعبون.

بقي جون على تلك الحال لعدة أيام، وهو يرى الليل
والنهار يتغيرون خارج المقبرة التي سجن فيها، ولكن
الوضع على حاله في تلك البقعة التي فيها هو جوّ
رمادي ضباب ورماد، وحواجز زجاج ومسافة لا
تنتهي من الجانبين، ولا شيء مفهوم.

وبعد مرور عدة أيام، وهو لم يعد يشعر بالجوع ولا
بالعطش ولا بالحاجة للنوم، إلا انه كان يستلقي وينظر
إلى النجوم، وفي النهار يراقب الناس يقومون
بنشاطاتهم اليومية.

في ذلك اليوم ومع الساعة العاشرة صباحا، وبينما جون يراقب الأطفال يلعبون سمع صوت امرأة عجوز تنادي رجلا، وقد نسي شيء في محلها، وخرج وعندما التفت إليها الرجل أعطته مفاتيح سيارته، ربما وقد شده الصوت، فكان يراقب ما يحدث هناك.

وبعد أن التفت إليه الرجل عن غير قصد اكتشف بأنه الرجل البدين العجوز، الذي سأله عن الطريق والذي حذره من دخول المقبرة.

لقد تحمس جون كثيرا، وراح يناديه بأعلى صوته، الذي لم يكن مسموعا، وينادي ويعيد المناداة.

ولكن بالطبع.. الرجل لم يكن يسمعه مثله مثل باقي سكان القرية، ولكن.. وعندما كاد جون أن يفقد الأمل وجلس على الأرض، وهو يركل الهواء ويضع قدميه بالقرب من الحاجز.

وفي تلك اللحظة، راح بعض الأطفال الذين كانوا يلعبون بالقرب من المقبرة بالصراخ عاليا..

وقال أحدهم:

يا عم.. يا عم.. أرجوك ارمي لنا بالكرة.

لقد كان الطفل قريبا من المقبرة، ولكنه يعطي ظهره للمقبرة، ويكلم الرجل الذي كان غير بعيد جدا، ولكنه بالقرب من سيارته.

ابتسم الرجل.. وأخذ الكرة ورماها باتجاه الطفل، وقد اقترب بعض خطوات قبل أن يرميها.

وقبل أن يرمي الكرة انتبه لشيء ما..

لقد كان يدقق النظر في المقبرة، وكأنه يستطيع رؤية شيء.

انتبه جون لما يفعله الرجل.

لقد كان الأمر مريبا.. وعندما تأكد جون تقريبا من أن الرجل ينظر إليه، راح يلوح ويصرخ بأعلى صوته وهو يقول:

سيدي.. سيدي..

هل تستطيع رؤيتي؟

ساعدني رجاء..

نظر الرجل إلى الأطفال الصغار، وحاول أن يتجاهل صراخ جون، وقد كان يراه ويسمعه بالفعل.

فقال الطفل:

ارمي الكرة يا عم، ما الذي تحدق إليه؟

رمى الرجل الكرة باتجاه الطفل، ولكن الكرة ابتعدت أكثر لتصل إلى جون.

لم تتجاوز الكرة بوابة المقبرة، ولكنها وصلت إلى منطقة بالقرب من البقعة التي يجلس فيها جون، ولو كان جون حرا من حيث الحركة لاستطاع أن يمسك بها، ولكن الفرق كان في العالم، لأن الأمر غريب، وهو لا يستطيع الخروج من تلك المقبرة الملعونة التي دخل فيها، وسجن على ما يبدو.

اتجه الطفل إلى الكرة لكي يحملها، فكان جون يصرخ للطفل لعلّه ينظر إليه، ولعلّه يسمعه.

ولكن بلا جدوى..

كان الطفل يسير نحو الكرة، ولا يهز له طرف حتى وصل إلى الكرة، التي لم تكن بعيدة عن جون، الذي يجلس بيأس على الجانب الآخر من سور المقبرة وجون يصرخ.. ويصرخ..

وعندما وصل الطفل إلى الكرة التي كانت على الأرض وبالضبط عندما وضع يديه عليها رفع عينيه مباشرة إلى عيني جون ورمقه بنظرة غريبة وشريرة

فقال له جون الذي لم يصدق ذلك التواصل البصري الذي حدث للحظة، وراح يصرخ، ويقول:

أيها الفتى..

أيها الفتى.. هل تراني؟

أنا بحاجة للمساعدة..

فابتسم الطفل ابتسامة شريرة، ونظر إلى يمين جون ويساره ثم ضحك ضحكة ساخرة، وأخذ الكرة وعاد

إلى أصدقائه لكي يلعب معهم.

لم يفهم جون نظرة الطفل الغريبة، ولا ابتسامته الساخرة، لكن ما فعله الطفل حين نظر إلى يمين ويسار جون دفعه إلى النظر إلى يمينه ويساره، وإذا به يجد رجلا يجلس على يمينه، وآخر على يساره. وينظرون إلى الطفل بنفس الطريقة، وهم جالسون بنفس الطريقة تقريبا.

وعندما نظر بعيدا.. وجد بأن الكثير من الرجال شباب ورجال، وحتى مراهقين يجلسون بنفس طريقة جلوسه، ومنهم من يصرخ، ومنهم لا يحاول الصراخ أبدا.

لقد فهم جون بأنه قد احتجز في المقبرة، حاله حال بقية الناس، ويبدو أن كلام الرجل قد تبين بأنه صحيح، وبأن المقبرة حقا مسكونة.

ولكن.. لم يكن بإمكانه أن يتواصل مع أي من أولئك الرجال، بل كانوا بنفس حالته، وهم جميعا مسجونين

في المقبرة المسكونة على الأرض الملعونة، ولا أحد يستطيع الخروج منها.

لقد كان خطأه أن اختار الطريق المختصر، لكي يصل سريعا فإذا به لا يصل أبدا.

Sommaire

9 798215 830567